哪有什么 运气

不过是我们

暗自努力

陈昂——著

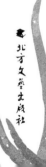
北方文艺出版社

图书在版编目（CIP）数据

哪有什么运气 不过是我们暗自努力/陈昂著.——
哈尔滨：北方文艺出版社，2018.5

ISBN 978-7-5317-4166-4

Ⅰ.①哪… Ⅱ.①陈… Ⅲ.①随笔－作品集－中国－
当代 Ⅳ.① I267.1

中国版本图书馆 CIP 数据核字（2018）第 009239 号

哪有什么运气 不过是我们暗自努力
Nayou Shenme Yunqi Buguo Shi Women Anzi Nuli

作　者／陈　昂

责任编辑／赵　平　赵晓丹　　　　　　封面设计／琥珀视觉

出版发行／北方文艺出版社　　　　　　网　址／www.bfwy.com
邮　编／150080　　　　　　　　　　经　销／新华书店
地　址／黑龙江现代文化艺术产业园 D 栋 526 室

印　刷／北京凯达印务有限公司　　　　开　本／787×1092　1/32
字　数／136 千　　　　　　　　　　印　张／8.5
版　次／2018 年 5 月第 1 版　　　　　印　次／2018 年 5 月第 1 次印刷

书　号／ISBN 978-7-5317-4166-4　　　定　价／36.00 元

我和青年诗人陈昂结识的过程，本身就是一首诗。

那次，我应邀参加山东滕州书展，在开幕式上，恰好和陈昂挨着坐。

美丽相遇。

他的名字很有意思，令我想起了陈子昂。也许，人的一生中有许多事冥冥之中注定了。我好奇地想，也许，他注定要做个诗人吧。

陈昂很年轻，很阳光，很有锐气。这符合我与人交往的原则，也符合我阅读诗文的原则。我喜欢与有阳光气息的人交往。这样，我便拥有了更多的阳光。

我们回到北京后，互寄了几本诗作。夜晚，我躺在床上翻阅他的诗作，一边读，一边有些小激动。为我，为他。

我很相信直觉，有哲人说直觉是不可靠的，也有哲人说直觉最能抵达事物的本质和真相。其实，这要看一个人的直觉敏锐不敏锐，感觉器官的功能好不好。

　　我发现，我的判断是准确的。我不由地笑了。

　　陈昂是个有阳光气息的人，他的诗歌也有阳光的味道。这个从基层走出来的青年诗人，有一种掩饰不住的光芒。真诚，阳光，富有活力，诗歌写得干净。尽管他已经获得了不少的声誉，但我还是没有被这些声誉迷惑，能够沉静地阅读他的诗作。

　　他的诗歌清澈，透明，清新，犹如春风扑面。这是他诗歌的本质。尽管他也有青春的思考、迷茫，但他不阴郁、不晦暗、不颓废。他坚定，总能悟到自己的方向，能穿破人生的迷雾。读这些诗，我有些小激动，感觉自己重新回到了青春的岁月。

　　陈昂的诗歌主题积极向上，昂扬而又超脱。他诗歌的一个特征是经常提出问题，而这问题是每一个人生活中常常会遇到的，其着眼点是生活的导向实践，并从中略加深化，道出一些人所共知的哲理。具有高度概括力的哲理句，让陈昂的诗每时每刻都充满爆发力，而这种"爆发力"隐藏在"清新的字眼"里，造就了陈昂诗歌独有的"小清新大智慧"风格。

陈昂的诗歌充满激情，热情，能点燃人，能感染人。我个人感觉，比较适合青春期的孩子们阅读，基本上可以算是青春文学。因为他的诗歌总带着他这个年龄所特有的鲜明的标记，而且他在不断地强化这个印象。他就像一株向日葵一样，不停地围着太阳旋转，围着自己的欲望旋转，围绕着自己的诗歌创作理念旋转。这是一种能够打动人心的力量。

陈昂的诗歌具有强烈的"时代意义"，表现着青年人旺盛的文化创新创造活力，彰显着社会主义文化强国的"文化自信"。他诗歌底蕴里蕴含的"家国情怀"和对宇宙对人生的思考值得我们关注；他诗歌内涵里传达的智慧值得我们研究和学习；他诗歌精神里潜伏的正能量正是我们洗涤灵魂、陶冶情操、慰藉心灵的"刚需"。

我发现，这是一个对世界、对人生充满许多爱的人，他的诗歌富有励志的特点。他在不停地向他的同龄人发表宣言，就像在做演讲一样。他既想做同龄人的代言人，又希望同龄人能够认同他的忧伤、信仰、理想、爱，以及关于整个世界的看法。

我觉得，他的诗歌更像是青春的宣言。

也许，我是个写童话写童诗的人吧，我是个给孩子们写东西的人。所以，我发现他诗歌中的有些句子像露珠一样耀眼的时候，竟有些莫名的喜欢，仿佛这些句子是我写出来的。我们就像兄弟，像小伙伴一样。仿佛他拿出了自己心爱的玩具，让我来分享。

"左手握着太阳，右手牵着月亮"（《我的心里有一座城》）。

"云是你的耳朵，风是你的眼睛"（《你坐在马车绳上飘荡》）。

我深深地祝福陈昂，愿他诗歌的翅膀飞得更高更远。

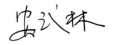

2018 年 1 月于北京

◎安武林，外号"金蜘蛛"。山东大学中文系毕业，著名儿童文学作家。北京少年儿童出版社策划总监，中国作家协会会员，中国寓言文学研究会副会长兼秘书长，独立书评人。

目　录

第一章　　播撒诗情　温暖人间　/ 001

　　大城市的夜很繁华，人的密度也大，拥挤的公
交、地铁、斑马线、人行道，生活空间的拥挤
似乎让我们靠得很近。但灯火阑珊背后，一个
人静静地待在那个并不宽敞的房子时，却又有
着不可名状的距离感。

第二章　　读书旅行　一日四餐　/ 025

　　一日四餐是我给青年朋友的建议，除去正常的
一日三餐，我建议再加一餐"读书"。如果你
想成为更优秀的、眼界更开阔的人，想获得更
大的发展，你需要读书和旅行。

第三章　　那年初见　如花美眷　/ 049

每个人的心里，都住着一段遥远的爱情。哪怕明知道这个人是一辈子的不可能，也不会影响我们的痴情。

第四章　　文艺腮红　不语不言　/ 073

天台赏月，柳下弹琴，席地作画，对湖吟诗。那只是青年，不是文艺。当我们看到情感细腻，感时伤怀，唱歌饮酒，即兴赋诗，认为这是很文艺的，其实不是，你看到的只是文艺的腮红。

第五章　　丢掉纠结　捡拾幸福　/ 097

一个人如果欲望太多，生命该如何负重，人生又如何能够收获幸福和快乐。丢掉那些缠绕在心灵深处的纠结，捡拾身边那点点滴滴的幸福。浅浅相逢，静静守候。

第六章　　敢于折腾　不怕麻烦　/ 121

最近，读者送我一个外号："好运先生"！既然被称为"好运先生"，那么我想以"好运先生"的名义告诉你，在这个世界上，幸福都是奋斗出来的，连连不断的好运源于你对于美好未来的不懈奋斗。

第七章　　往事如烟　浅笑而安　/ 145

往事如烟，浅笑而安。这个世界，没有一片天空永远晴空万里，也没有一个人的心灵永远一尘不染。命运的每一次安排，都是为了让我们更好地修炼。

第八章　　晴窗破砚　忙人所闲　/ 169

冷粥，破砚，晴窗。这何尝不是别样的风情，细细地品味很平常的人生片段，却发现，虽简单，却勇敢。人要有群处的能力，更要有独处的勇气。

第九章　　问答智慧　气象万千　/ 193

这是个充满疑问的世界。每天，我们身边总会有许许多多来自生活中和工作中的疑问。从睁开眼睛的那一刻，一连串的疑问像泉水一样喷薄。大量的疑问扑面而来，我们是否会选择做生活的践行者呢？

第十章　　乡情牵绊　归心似箭　/ 215

人的一生都走在回家的路上，无论我们走得多远，都会有一种最真情的牵绊。无论我们多么孤单，内心都珍藏着一处最温暖的港湾。故乡，不仅仅是游子在外的思念，更是释放亲情温暖的光源。

第十一章　余生很长　何必慌忙　/ 239

"余生很长，何必慌忙"。人生的路上，我们都在奔跑，我们总在赶超一些人，也总在被一些人赶超。我们每个人都在寻找，寻找一种最适合自己的速度，疾进会让我们不堪重荷，迟缓会让我们空耗生命。

哪有什么运气　不过是我们暗自努力

第一章

播撒诗情　温暖人间

大城市的夜很繁华，人的密度也大，拥挤的公交、地铁、斑马线、人行道，生活空间的拥挤似乎让我们靠得很近。但灯火阑珊背后，一个人静静地待在那个并不宽敞的房子时，却又有着不可名状的距离感。在深深的寂寞背后，隐藏着一个个不安的灵魂，而我每当此时，总想着在陌生的世界里，为你们写点有温度的文字。

/ 那是一棵春天的小草

那是一棵春天的小草
在寒风凛冽的冬天
它依然不眠
盎然的生机是对大自然的挑战

那是一棵春天的小草
虽然缺少蝴蝶的伴舞
却依旧迎风招展
小草微笑的眉宇间
正是我们期盼已久的春天

/ 向左向右

一个人在黑暗的角落

灵魂向左　身体向右

来不及拥抱太阳

却给多数人送去了温热

用一首熟悉的歌敲打水面

欣赏浑浊褪去时的清澈

在陌生的世界里

写点有温度的文字

把它悄悄地寄给云朵

让风读给你我

哪有什么运气　不过是我们暗自努力

/ 黑白键

十根手指
弹拨着十二枚黑键
蛐蛐唱歌的夜晚
给孩子听曲免费的摇篮

十二枚白键
十二个白天
黄莺在树上议论着春天
刺猬踮起了脚尖

/ 会说话的叶子

那是一片神奇的叶子
从春天滑落到冬天
经历了夏的浪漫和秋的缠绵
那是一片会说话的叶子
从咿咿呀呀长成英俊潇洒的少年
在霓虹灯包裹的日子里
清唱今夜无眠

/ 不远处的春光

从冬走到夏
这中间有一段时光
左手留有寒冬的苍凉
右手触碰盛夏的热量
迷人的模样宛若一个姑娘
生活是一场别有目的的升降
寒风撕裂谢幕的夕阳
心门之外的一个空隙
折射不远处的大片春光

/ 生命是如此伟大

我把一粒种子

埋进土里

看着它

从破土萌芽

到沉甸甸的把头颅低下

绽放的是生命之花

一粒种子

长成几株麦穗的过程

着实让人惊讶

生命是如此伟大

/ 天才说

有人说
天才不食人间烟火
可他却享受人间奇乐
他平凡却不落寞

我想说
他很爱人间的灯火
喜欢生活中的生活
他爱人间的春夏秋冬
也喜欢人间的寒冷酷热

/ 一个人的蓝天

一个人的蓝天
吐露微弱的光芒
云飘天外天的联想
像风装进口袋一样
嗡嗡作响
　月亮轻轻地爬上山岗
没有文字的文章
只有旋律飘荡

哪有什么运气　不过是我们暗自努力

/ 柠檬味的夜

夜是如此的安宁
像一片柠檬
清澈透明
笔直的街异常清冷
呼吸和心跳是唯一的响动

今晚的夜空
只有一个月亮两颗星星
月亮是夜空的嘴巴
星星是夜空的眼睛

/ 飞进心灵

诗歌是我的眼睛
它能飞进你的心灵
诗歌是我的歌声
因为爱所以动听
诗歌是对生活的憧憬
诗歌是诗人的心情

/ 不要遗失了沙漏里的时光

不要遗失了沙漏里的时光
那里有最美的月亮
当夜幕披上银色的情侣装
我在遥远的方向
默默地想念
想念东湖旁的长廊
想念你长发上的花香

/ 我想，科学是一湾蓝海

有人说
生活有两种色彩
一种彩色
一种黑白
我想
科学是一湾蓝海
满怀着人文的情怀
从未来走向现在
带着爱
享受机智过人的风采

哪有什么运气 不过是我们暗自努力

/ 聆听远山的思念

我带着思念

走向拉萨河畔

渴望中途与你相见

春的温暖

是雪的劫难

满园桃花的夜晚

仿佛你就躺在我的身边

天亮后转身发现

一片落叶下面

隐藏了烈马飞奔的草原

/ 梦的颜色

我把眼睛待在原地
看窗外的树木穿梭
田野的小径像一条泥河
没有行人的路异常清澈

我不知道我帮助了谁
也不知道谁帮助了我
我只知道默默地努力
默默地享受快乐

哪有什么运气 不过是我们暗自努力

/ 自卑者戴着面具约会

如果天已变黑
又何必戴着面具约会
如果天生会飞
又何必渴望太多机会

自卑者如何丢掉虚伪
去掉心中的魔鬼
减轻自找的负累
在梦里闭着眼强迫自己入睡

/ 语言的魅力

有人问我
语言的魅力在哪里
和别人谈话的时候
哪些事宜需要注意
是一味地聆听
还是通过嘴角
窥测他人嘴里的秘密
实际生活有这样一个道理
说了的不一定有意义
暴露的不过是已知的信息
隐藏的才是实力

哪有什么运气 不过是我们暗自努力

/ 天亮的一瞬

透过小窗
观察这个熟悉的世界
最早发现的是
晨曦中的那道鱼肚白
竖起耳朵
聆听
听到的是寂静和聊赖
黑夜隐藏了太多的告白
在似明非明的瞬间
有些颜色苏醒
有些色彩掩盖

/ 生命中的真爱

或许平凡的生活
可以淹没
一个人的才情
但生命中的真爱
会让你走向下一个巅峰

或许此时你的身边
有一股寒风
但生命中的真爱
会把它变成一个暖冬

/ 人生需要一盏明灯

人生最大的不幸

是在错误的道路上

碌碌无为耗尽一生

人生最大的幸福

是遇见彼此的那一盏明灯

你照亮我的前途

我指引你走过黑暗的旅程

朋友是最美的风景

每个出彩的人生

都需要一盏默默陪伴的明灯

/ 幸福悄悄来到你的身边

与其在他人的辉煌里仰望
不如向着自己的理想
把心灯点亮
与内心的自己比坚强
输赢是一场较量
失败不要黯然神伤
成功也无须趾高气扬
为他人鼓掌的瞬间
幸福悄悄来到你的身边

第二章

读书旅行　一日四餐

一日四餐是我给青年朋友的建议，除去正常的一日三餐，我建议再加一餐"读书"。如果你想成为更优秀、眼界更开阔的人，想获得更大的发展，你需要读书和旅行。如果二者不可兼得，我认为读书为先。旅行只能实现空间转换，它可以让你游遍中国，却无法带你去秦汉隋唐参观，而读书可以帮你圆梦，它可以带你去领略现实无法呈现的景观。读书是你最有价值的投资，何况读书比旅行更省钱。

/ 把书籍当作太阳或月亮

年轻人喜欢把书籍当作太阳
他们只要阳光不要幻想
在太阳下读书
渴望获得主宰命运的力量

老年人喜欢把书籍当作月亮
他们只要静谧和安详
在月光中阅读
书是快乐的信仰

生活需要来自不同时段的供养
正如我们一年四季穿着不同的服装
白天读书的人志在将梦想变成现实
夜晚读书的人意在将追梦变成守望

/ 与艺术对话

闭上眼睛让知识撕开一角
把眼睛藏进书本
像骏马一样
痛痛快快地奔跑

与艺术对话是多么的美好
灯火阑珊的较量
平心静气的冥想
堆积如山的资料
领略大儒登高明志的自豪

/ 像爱书一样爱你

当清晨的第一缕阳光
照进窗台
我手里捧着书籍
你躺在我的怀里
我们静静地享受甜蜜

当我的思想化作飞马
行走在宽阔的天际
我会轻轻告诉自己
像爱书一样爱你

/ 如若来世化作鲜花一朵

我曾想过
多年后的某个日出
会有个人想起我
想起我的诗歌
用她的思想过我的生活

我曾想过
如若来世化作鲜花一朵
蜜蜂能否禁得住诱惑

我曾想过
岁月能否陪我
看看下个世纪的日落
再犀利的烟火
都抵不过东去的大河

/ 诗越写越寂寞

云在天上梦游
我在人间失眠

在万物沉睡的时光里奔跑
用无数张撕碎的手稿
拼接美好

/ 写在千年后书桌上的诗

家乡是龙泉塔上隐形的翅膀

拼搏时赐予游子腾飞的力量

家乡是微山湖湿地宁静的月光

把远方的夜照亮

家乡是古滕善国肥沃的土壤

生长着深入骨髓的善良

清风吹拂的梦乡

有多少晴空万里的渴望

左手挥别彷徨

右手招徕希望

今日的出口文章

早已摆在千年后的书桌上

/ 写给未来的自己

尊重自己
就要尊重每一时的自己
不是不言不语
是释放个人能力

相信自己
就要相信每一刻的自己
不是没有动力
是散发个人魅力

/ 沸腾的天空燃烧着大雨

金色的太阳照着紫色的大地

青绿色的瀑布在哭泣

沸腾的天空燃烧着大雨

而我的嘴角

在想你的那一刻轻轻扬起

多年后

你会快乐地想起

想起我写的诗

而我会悄悄地

悄悄地告诉微风

让微风读给你

/ 一朵云悄悄飘过

头顶的白云悄悄飘过
飞鸟似乎有话没说
我问我心里的我
藏在掌心的温暖快乐
能否拂去脸上的沧桑寂寞

/ 幽蓝色的布谷

从火一样的瀑布里
飞出一只幽蓝色的布谷
伴随着嗒嗒而逝的马蹄
我的诗化作云中曼妙的倩影
假若那不是最美的风景
真不知该如何安放我的眼睛

/ 在时间的夹缝里捕捉阳光

我喜欢太阳
喜欢黎明前为它歌唱
我喜欢太阳
喜欢在时间的夹缝里捕捉阳光

我时常在梦里想象
让影子走在青石小路上
聆听风儿的歌唱
让心灵载满阳光

/ 桃花是哭红的眼睛

即便假装忘记
也躲不掉曾经的回忆
再美的故事也有结局
谁能看到
流进心里的泪滴

冷漠是伪装的逍遥
如若不是看到桃花的容貌
怎会知道
为爱哭红双眼的故事
不只是一个玩笑

/ 写给自卑的姑娘

告诉你
自卑的姑娘
要一个人学会坚强
拿着蜡笔涂鸦内心的彷徨
画一个五彩缤纷的妆

告诉你
自卑的姑娘
不要把幸福藏进眼眶
我怕有一天
眼泪不小心将它烫伤

/ 听太阳弹唱

听太阳弹唱

刻下了年轮的忧伤

走过了风风雨雨的时光

从两小无猜的彷徨

熬到了牵手的夕阳

听太阳弹唱

生活有太多的欲望

一个人的晚上

蜷缩在床上

享受着寒冬的微凉

哪有什么运气 不过是我们暗自努力

/ 思者踱步

在孤灯暗影的湖畔

忘却一世繁华

风儿把泪珠吹凉

止不住小桥流水般的心伤

停顿的时间在湖面彷徨

忧郁的面庞被黑夜包裹

包裹着的不是寂寞

不是沧桑

不是凄凉

是独自飘荡的思想

/ 匆匆而过的是眼前

涨潮的瞬间
谁会想到落花的凄惨
永远究竟有多远
经历一眼千年
或许发现
永远短到很多人看不见

秋叶凋零的瞬间
用手遮住双眼
叶子依旧慢悠悠的
飘到眼前
明天属于明天
昨天留在昨天
匆匆而过的是眼前

哪有什么运气 不过是我们暗自努力

/ 冷漠是冰冷的玫瑰

当生活被私欲定义的时候
一切都变得迷离失真
曾经的不合理
在贪婪者眼中变成
赤裸裸的黄金

当世界静得没一点声音
不安的只有人心
冷漠是冰冷的玫瑰
想要拥有
请先贡献你的体温

/ 变长的黑夜

是黑夜拉长了时间的距离
还是时间停滞了心动
创造的邂逅
尽管美丽
却终究是浓缩了寂寞的泡影

是夜空涂鸦了星星的孤独
还是月亮轮换了时空
一如既往的皓洁
虽然明亮
却终究不再是往昔的风景

哪有什么运气 不过是我们暗自努力

/ 读书的你最可爱（节选）

我时常情不自禁地怀念
怀念扉页上稚嫩的文字
那里记录着
我与每本书初遇的地方

我时常在静谧的午后
和书籍共享阳光
在书籍中寻回初心
寻回村庄最初的模样

我时常在夜深人静的时候
悄悄地起床
把书房的灯点亮
点亮的不是一座空房
是你和我的思想

/ 飞马的冥思苦想

我悲愤
在学术的殿堂
穿上漂亮的衣裳
大放光芒

我奔放
在飞马的草原
扬起俊俏的马鞭
冥思苦想

哪有什么运气 不过是我们暗自努力

◎ 第三章

那年初见　如花美眷

每个人的心里，都住着一段遥远的爱情。哪怕明知道这个人是一辈子的不可能，也不会影响我们的痴情。或许我们和这个人，没有说过几句话，也没有一起吃饭看电影，可是就是这段遥远的爱情会逐渐演变成青葱岁月里最美的风景。以至于让后来的我们，想起来，没有遗憾后悔，只有暖暖的回忆和回忆里始终无法忘却的模糊背影。

/ 秋波

那不是一望无际的湖泊
却有楚楚动人的秋波
或许不爱你的人会说笨拙
而我却为此失魂落魄
你有你的可爱与洒脱
我有我的大气与磅礴
不管你爱不爱我
我心依旧执着
不管秋波属不属于我
她已滋润了我的酒窝

/ 飞絮

我仇恨思念
恐惧灼心的孤单
你说那不叫孤单
孤单往往行得更远
我不满飞絮缠绵
飞絮或许讨厌
你却说不失浪漫

哪有什么运气 不过是我们暗自努力

/ 爱情装睡

如果爱情装睡
不如姑且加上一床棉被
即便装睡
也睡得别有滋味

装出来的无所谓
实际是一种撕心裂肺
明知是叫不醒的装睡
还为梦甘愿陶醉

/ 最美的交杯是一醉方休

我深信

真正的爱情

天长地久

我深信

最美的交杯

一醉方休

如若必须给爱情

一个承诺

那便是

至死不休

/ 两个车轮的爱情

我喜欢

沿着你的轨迹

把风景看遍

像后轮对前轮的爱恋

在你回眸的每个瞬间

我都陪在你的身边

每辆自行车

前轮和后轮都是一条直线

哪怕路途遥远

距离永远不变

/ 在最冷的日子里相恋

如若你选择在

最冷的日子里相恋

太阳会垂下千万条光线

敲打冰封的湖面

湖底的游鱼

会飞向青天

化身百灵鸟歌唱春天

/ 走着走着就单身了

身后的故事一串一串

眼泪却早已流干

一个人的热情

无法点燃热恋的火焰

你把温度给了欲望

欲望抛给我的却是心酸

心酸冰冷了容颜

没有心跳的爱恋

走着走着就单身了

另一半

/ 为你写诗

为你写诗

玩转手中的笔

却笨拙得表达不出半点浪漫与甜蜜

为你写诗

勾勒诗意的相遇

在孤独的城市里

唯愿和你一起老去

哪有什么运气 不过是我们暗自努力

/ 月殇

我着了魔的发狂
她冷得像深冬的寒霜
我痴了迷的幻想
却只留下了梦醒的哀凉
明明就在我的心上
却无奈到欣赏冷静的月光

/ 蒙娜丽莎的眼

爱情就像蒙娜丽莎的眼
再小的优点
也能清晰地看见
美好就像是
一位美丽姑娘
对善良跛脚的爱恋

歪歪斜斜的路线
顷刻之间
成为迷人的风景线
丑陋的驼背
也被赋予
绅士弯腰的内涵

/ 流沙有爱

遗失的爱情
就如涛水冲洗的流沙
握紧的拳头
也无法将沙子留下

一个人的夜晚
喝一杯寂寞的茶
祈祷风儿
陪陪失落的她

/ 风筝的线

爱像天空的风筝

飞得再高

也不会滑落爱人的指间

情像指尖的风筝线

任凭风儿的呼唤

也不愿一个人孤单

哪有什么运气 不过是我们暗自努力

/ 苏凡的爱情

苏凡的爱情没有背叛

当无能为力的时候

他选择自己承担所有的苦难

苏凡的爱情是一种信念

给予爱人的是幸福和甜

假如你说喜欢夜空的浪漫

苏凡会把最亮的一颗星星摘给你看

/ 晚一秒的爱情

我习惯了
跟着你的节奏奔跑
你的每次转身
都会看到一个温暖的怀抱

我习惯了
凡事比你晚一秒
你说这种感觉
刚好

/ 写给我失恋的影子

一条路走了无数遍

却依旧感觉孤单

错过一个如此合拍的另一半

每个人都会心酸

我想不到该怎样劝你

我亲爱的伙伴

或许我们期许的爱情

与金钱物质无关

我想和你在一起

只因为你是你

看似简单

却要用一生去等待这个偶然

/ 如果没有遇见你

如果没有遇见你
我不会每天都有牵挂
在漆黑的夜里

如果没有遇见你
我不会为小事皱眉
在想你的夜里

哪有什么运气 不过是我们暗自努力

/ 一道道忧伤的光

我们熟悉到模糊了印象

见面后只剩对望

准备好的话一句不讲

漫无目的地打量

心底滚烫的泪

飞进彼此的眼眶

化作一道道忧伤的光

/ 你是我的新娘

你是我的新娘
不化妆也很漂亮
一双温情的明眸
像微风拍打我的脸庞

你是我的新娘
是我恋爱的汪洋
一头乌黑的秀发
用芳香浇灌我的心房

你是我的新娘
我心中最美的姑娘
两个甜甜的酒窝
唤我进入梦乡

哪有什么运气 不过是我们暗自努力

/ 我曾经和你在梦里看海

我曾经和你在梦里看海
静静地搂你入怀
那种感觉世间无物替代
我曾经和你在梦里看海
睡梦中你填补了
我情感的空白
像一个爱的魔咒
送我一只斑驳的轻舟
把我一个人置身大海
而你却悄悄地离开

/ 爱情是一场美丽的太阳雨

太阳像雨水一样

从天而降

满湖的波影

瞬间变成无数个太阳

耀眼的光芒

让我一下子走进梦乡

睡梦中

你像电影一样

在我脑海里回放

最美的不是牵手的夕阳

是我们在一起浪漫的那段时光

第四章

文艺腮红　不语不言

天台赏月，柳下弹琴，席地作画，对湖吟诗。那只是青年，不是文艺。当我们看到情感细腻，感时伤怀，唱歌饮酒，即兴赋诗，认为这是很文艺的，其实不是，你看到的只是文艺的腮红。真的文艺，是很苦的，苦到说不出来。青年给自己抹上了腮红，就宣称自己文艺，面上倒也说得过去。但真正的文艺，别人不会懂，也没有机会说。

/ 我弹吉他给云听

清晨的风将我唤醒

我告别睡梦中的眼睛

一个人行走在家乡的小径

在河畔附耳倾听

我听到鱼儿的窃窃私语

我听到天空的鸟语虫鸣

我弹吉他给云听

云是你的耳朵

风是你的眼睛

/ 你坐在马车绳上飘荡

我驾驶着一辆旧马车奔跑

你坐在马车绳上飘荡

在世界中想象

把自己的梦分享

欢乐在心尖上徜徉

左手握着太阳

右手牵着月亮

哪有什么运气 不过是我们暗自努力

/ 文艺的腮红

没有痛感的失落
失去了记忆与温热
在僵硬的世界里
面对琐碎的生活
如火的斗士也会寂寞
我拼尽全力的释放温热
可无法抵达的内心
依旧飘着绵绵的小雪

/ 蓝色的向日葵在月光下思考

银马在童话里的小镇奔跑
蓝色的向日葵在月光下思考
天空像一片镶满宝石的羽毛
对着湖水拍照

生活是造梦主遗忘的城堡
白天再努力地寻找
夜晚也要睡觉
睡梦中的嘴巴
幻化成一只
从画里飞出的百灵鸟

/ 寻人启事

我时常怀念和你一起的昨天
那种熟悉的感觉从未改变
在夜深人静的时候思念
拿着你的照片失眠

我们的城市相隔不远
却终日难以碰面
我时常在梦里写寻人启事
并把它贴满梦的空间

/ 半寐半醒的夜

我摇动明月下千年前的青铜

聆听来自远古的驼铃

在深夜半寐半醒

感悟夜深的朦胧

我想用干枯的枝丫刻画你的身影

用沙哑的嗓子讲故事给你听

/ 蛙泣

淅淅沥沥的雨滴

敲打着几近干枯的大地

不远的沟壑里

蛙声依旧哭泣

雨水淋湿了青蛙

淋湿了大地

也淋湿了自己

/ 摆不脱地球的引力

湿润的眼睛

晶莹剔透地出卖了自己

却装作不在意

闭上眼狠狠地松口气

留下的是众人满腹狐疑

张开手

拥抱太阳的魅力

却怎么也摆不脱地球的引力

哪有什么运气 不过是我们暗自努力

/ 白月光的故事

是现实的落魄
还是生活的寂寞
让世界变得如此柔和
月亮的颜色和玫瑰花一样娇弱
我从没见过红红的月色
只听过白月光的故事
一个勇敢的追梦者
在贫瘠的梦里拼凑着欢乐

/ 摸不着的想念

你是我摸不着的想念
又怎会偷走属于我们的时间
你是我渴望已久的浪漫
又何必抱怨相聚的短暂
你是造梦主的眼睛
把目光移向旁观者的刹那
就注定失眠

/ 流泪的石头

在月色的余晖里
捡拾一段温柔
看两条鱼儿漫步约会
轻松地谈论自由

捉只萤火虫
在黑暗里寻找安慰
当河水干枯时
石头也会泪流

/ 一片落叶的叹息

滔滔不绝的江海

容纳了多少小溪

走进沙漠的旅途中

又何必在意

混进鞋子的几颗沙砾

枫叶满园的秋季

谁能听到

一片落叶的叹息

人生的每一点

生活的每一滴

都需要勇气

/ 一颗心悄悄地聆听

忙碌碌一上午
满眼尽是看倦的风景
呼天震地的呐喊
承载着洗不尽的奔腾

我一个人
一个人站在桥头注视着桥尾的风情
孤独的风吹来阵阵甜甜的雨
一颗心
一颗心悄悄地聆听

/ 抬头数月亮

我是个忧郁的姑娘

抬起头

原以为不再忧伤

倔强的脸庞

酸酸的眼眶

默默地告诉自己

不哭不哭

继续数着天空的月亮

/ 彩绘的山水温柔了谁

憔悴的花

遮掩着太阳的明媚

用多情把记忆碾碎

把相思化作一潭死水

你紧蹙着双眉

衣衫褴褛

行走在彩绘的山山水水

/ 你的心里飘着雪

真心的祝福何必亲口说
要不要我去你的梦里
告诉你我多么寂寞
是谁骗我说记忆里的雨停了
却没人对我说
你的心里飘着雪
藏在你心里的我
又冷又饥又渴

/ 雪人的愤怒

可爱的人儿
是那般惹人喜欢
冰雪做的身子
那般的纯洁无瑕

可恶的风
吹得那么猛烈
让我的人儿
在冰天雪地里哆嗦
却让那纸醉金迷的人生过客
在冰雪童话里嘚瑟

/ 黑夜包裹的假象

又一个四季的轮回
我站在街口张望
张望夜空的月亮
和夜空无声的歌唱

又一个黑夜的降临
我在黑夜用黑色的眼眶
审视世界的美
和黑夜包裹的假象

/ 我把我们编写在故事里

雪花变成了细雨
敲打着寂寞的窗台
在昏暗的灯光下
我把我们编写在故事里

我是如此思念你
在寂静的夜里
即使听众只有星星和月亮
我也要把我们的故事一遍遍讲给你

/ 用我的风流描绘彩虹的美

我选择流浪
是因为
相信在世界的
某一角落
有一个懂我的人

我选择睡觉
是因为
希望和梦想
做一对梦中情人
只要找到心情的美
我就能用风流
把天空中的彩虹描绘

第五章

丢掉纠结　捡拾幸福

一个人如果欲望太多，生命该如何负重，人生又如何能够收获幸福和快乐。丢掉那些缠绕在心灵深处的纠结，捡拾身边那点点滴滴的幸福。浅浅相逢，静静守候。将所爱的人收藏，将离去的人淡忘。做最真实的自己，无须虚伪，无须奉承，无须圆滑，无须故作淡定。独品着淡淡的幸福与忧伤，感受着淡淡的自足与惆怅。

/ 捡拾你忽略的美

我在你的背后
却成为不了你的影子
但请相信
总有一个人
在你背后
捡拾你忽略的美

/ 拥抱心灵的太阳

生活平静得像水一样
没有波澜
没有风浪
只有一种感觉
一种静谧的思想

我的世界里不能没有阳光
即使只有一米的光亮
我宁愿抛弃水中的月亮
拥抱心灵的太阳

哪有什么运气 不过是我们暗自努力

/ 向着大山的方向寻找篝火

一个人在风雨里行走

心比天晴

一个人在大山里徒步

人比山高

我喜欢

逆着流水的方向

欣赏浪花的背影

让思想从水底往上游

感悟浮出水面后

隔岸篝火的斑驳

/ 鱼在水里飞翔

鱼在水里飞
水是鱼的翅膀
潇洒自如地滑翔
连水波都充满力量

云是风的衣裳
风是雨的新娘
满池荷花
只有一枝没有绽放
它要开给心仪的姑娘

哪有什么运气 不过是我们暗自努力

/ 雪之美

一掠而过的美
留下的是刻骨铭心的记忆
撒落心灵的雪花
洁白得让人痴迷
微风涤荡在银色的苍穹里
晶莹剔透的精灵
讲述着大自然的神奇与魅力

/ 窥探倔强

一个人的长廊

不经意间

身边多了位姑娘

迷人的发香

温情的手掌

凉风习习

恰似梦乡

俊俏的花蝴蝶

拍打着如纱的翅膀

飞向山峰

窥探倔强

哪有什么运气 不过是我们暗自努力

/ 假如梦想是一句诗

假若梦想是一句诗
请一定报以等待的姿势
只要内心不停地渴望
即使此时你背对着太阳
发现面前少了一束光
你依旧会发现
除此之外的地面依然明亮

/ 那是一只燕子

那是一只燕子
一只从北方飞往南方的燕子
飞过了白天
穿越了黑夜
只为寻找
去年冬季遗失的那片叶子

那是一只燕子
穿越四季的燕子
扑打着雪地
用火热的双眼灼烧
灼烧春草的嫩绿

/ 红黑之间

我是一个凡人
平凡的不能再平凡的人
一颗火红的心
一双黑色的眼

儿时的我们
稚嫩着最初的理想
陶醉着童话的梦
现在的我们
在物欲的长河里沦陷
奔波的间隙
看着镜子里火红的眼
却看不到心的质变和斑斓

/ 在时光的隧道里画圆

生活中
有太多的扶起与推翻
在历史的风云中
波折向前

现实中
有太多的激动与波澜
在时光的隧道里
穿梭画圆

哪有什么运气 不过是我们暗自努力

/ 那是一只黑色的蝙蝠

看不透

远方跌宕起伏的落幕

望不穿

眼前缥缈朦胧的迷雾

那是一只黑色的蝙蝠

在漆黑的夜色中

独自起舞

/ 绝美的风景在崎岖的山巅

当太阳和月亮出现在同一个平面
我会造一艘会飞的小船
撕下一片蓝天作帆
爬上最最崎岖的山巅
和绝美的风景相恋

当太阳和月亮出现在同一个平面
我会把星星折弯
用月光作线
钓一朵彩云
送给睡梦中幽会的舞伴

哪有什么运气 不过是我们暗自努力

/ 时间你别推

时间你别推
丢失的找不回
昨天喝的酒今天不会醉
长途跋涉的腿
才懂得真正的累

时间你别推
让我睡一会儿
做个开心的梦
在梦里飞一飞

/ 年少的心何必感伤

天空的星那么明亮

总有一颗为你保驾护航

年少的心何必感伤

最美的地方

自有最美的故事和风光

宁静的世界人来人往

黯淡的夜空才有星光

切记黑暗的下一秒是黎明

黎明来临时有不可阻挡的曙光

/ 我在云里追赶月亮

是风和云捉迷藏
还是黑暗忘了叫醒月亮
一颗不安的心
焦急地等待守望
见不到就是黑夜
见不到就心慌异常
我最爱的月亮
请你转身看看云里
那一点星星的光亮
是我急切找寻你的目光

/ 我是一朵飞花

我是一朵飞花
能把想到的地方到达
我能在冰冷的雪地生根
也能在干热的沙漠发芽
离开枝头的刹那
不是凋零
是生命的再次升华

哪有什么运气 不过是我们暗自努力

/ 一个人的生活一群人的世界

烛光

固然美丽

照亮的不过一个桌面

烟花

固然绚烂

绽放的不过是一个瞬间

/ 阳光赐予我们的温暖

当雪山融化成草原

雪水流进山涧

当太阳爬上蓝天

阳光洒满人间

情意的泪水

像流水一样肆无忌惮

生活带给我们再多的苦难

也挡不住阳光赐予我们的温暖

/ 看得见与看不见

看得见花草

看不见春天

看得见太阳

看不见温暖

看得见一个人的脸

看不见一个人心的冷暖

看得见与看不见

看不见与看得见

构成那一幅幅交错优美的画卷

用心去看世界

比用眼看得更远

/ 用幸福感动自己

贫穷的时候
不如拿起画笔
把自己想要的东西
偷偷地藏进画里

悲伤的时候
不如深吸一口空气
享受自然的无私
用幸福感动自己

寂寞的时候
不如高歌一曲
用真诚
唤醒沉睡的大地

第六章

敢于折腾　不怕麻烦

最近，读者送我一个外号："好运先生"！既然被称为"好运先生"，那么我想以"好运先生"的名义告诉你，在这个世界上，幸福都是奋斗出来的，连连不断的好运源于你对于美好未来的不懈奋斗。"哪有什么运气，不过是我们暗自努力"。如果你认为未来太过遥远，那不妨先来一个短暂的"小未来"。

/ 梦想是深藏心底的热浪

哪有什么运气
不过是我们暗自努力
梦想是深藏心底的热浪
一到夜晚就肆虐发烫

黑夜是两匹黑马的到来
一匹白骆驼的离去
渴望成功的人都异常倔强
心底深藏着不可名状的忧伤

/ 夜幕下的萤火

我不想让任何人发现我

发现我如此寂寞

我是夜幕下的萤火

我渺小且微弱

我渴望驱逐身边的黑暗

渴望和一切光明的事物一起生活

我是夜幕下的萤火

没有人理会我

看着繁星闪烁

我努力起飞化作最亮的星星一颗

哪有什么运气 不过是我们暗自努力

/幸福是一座可以攀登的山

（节选）

生活绝没有

想象中那么简单

也没有失败者口中

描述的那样不堪

或许幸福在山头

走到山腰的我们

暂时没有看见

但请相信

此刻你脚下的人

身上长了一双羡慕你的眼

/ 晚霞羞红了绿色的青蛙

不要在别人的故事里

寻找自己的烦恼

懒惰带给人的麻醉

比毒药让人遭罪

孤独的眼泪

敲打着相聚的逝水

夕阳在河畔裸露脚丫

晚霞羞红了绿色的青蛙

黑色将夜空涂鸦

困难将生活神话

/ 凤凰一地金黄

我不断张望
努力抑制内心的彷徨
可明明不安的思想
却让我渲染一地的金黄

迎着猎人的枪
猛然间多了双翅膀
即使再硬的城墙
也阻止不了凤凰

/ 黑夜的拼搏者

你总是在深夜里穿梭
用努力镌刻生活
你总是孤独地闯荡
隐藏了太多不被理解的寂寞
你累并快乐着
乐此不疲地工作

你有一个不同寻常的梦
大气温柔高傲冷漠
你喜欢在黎明的前一刻入睡
在梦中约会内心渴望的生活
深夜的梦是一种遐想
白天的梦是一种寄托
你厌倦了现实生活的尔虞我诈
所以选择在深夜肆无忌惮地释放和拼搏

/ 你的背包流眼泪

响亮的雷声
把我的梦境击碎
恍惚间我发现自己很累
跌跌撞撞半醒半睡

急促的雨点
让原本分散的行人
背贴着背
不经意地回首
发现你的背包流眼泪

/ 黑暗里没有影子

当乌云来临的时候
注定是个糟糕的天气
当黑暗来临的时候
连影子也会离开你
生活中
没有什么困难能够打败勇气
既然选择了扬眉吐气
就不要唉声叹气
再长的黑夜也会过去
从你用自信点燃蜡烛那一刻起
你的影子就不离不弃地陪伴着你

哪有什么运气 不过是我们暗自努力

/ 命运绝不会亏待了拼搏

我多想要简简单单的生活
想得越多越容易寂寞
没有人能说出欲望是什么颜色
但它走过的地方将不再清澈

任性是一面隐形的墙
看不到墙壁也无法穿越
但我会竭尽全力地奔跑
因为命运绝不会亏待了拼搏

/ 一道最美的弧线

不去问

山的那边

是美丽的庄园

还是万丈深渊

此刻

我选择

像飞鸟一样

飞向山巅

留给大地

一道最美的弧线

哪有什么运气 不过是我们暗自努力

/ 夏日的太阳只需一个

千万不要因为相信来世的承诺

而错过了往世的回忆和今世的生活

太阳是光明和温热

但没人喜欢夏天的时候多出几个

每个人都有梦想

与时间赛跑

你会成为生活的强者

/ 讲演

站在海边

用最美的语言

对着波涛呐喊

登上山巅

用最美的语言

对着天空呼唤

是自然给我的灵感

让我在狂风暴雨中

来一次酣畅淋漓的讲演

哪有什么运气 不过是我们暗自努力

/ 两个勇士的决战

一个眼神的交换

就是一场唇枪舌剑的争辩

信仰面前

每个人都执念不倦

临危不惧的果断

看似不和谐的表现

此刻合成一个画面

相拥而去的一瞬

或许能够感动苍天

/ 何等风光遍体鳞伤

生活帮我们化妆

让我们在梦想里流浪

走得匆匆忙忙

表现的是何等风光

停下来的时候

脱下美丽的衣服

发现遍体鳞伤

哪有什么运气 不过是我们暗自努力

/ 时光的回音如此响亮

睡梦中我长了双翅膀
它是银色的
却闪着金色的光
它能带着我飞向远方
实现我畅游蓝天的愿望

梦醒后我非常失望
一个人敲打着时光
它用回音对我讲
如果你的腿足够长
又怎会期许拥有一双翅膀

/ 流浪者的夜很漫长

城市的街道车来车往
谁会在意流浪者的悲伤
街角霓虹灯闪烁着微弱的光
谁会想到流浪者的绝望

就算你躲在墙角哭泣
投给你的
也只有不屑的月光
你只能选择坚强
等待天亮

哪有什么运气 不过是我们暗自努力

/ 继续起航

生活

带给我的每一滴眼泪

我都要好好珍藏

把悲痛

化作力量

用幸福

为心灵疗伤

待到

阳光明媚的日子

我会用收藏的眼泪

载着生活的小船

向着梦的方向

继续起航

/ 开在冬日的小花

当所有的伙伴都收敛了风华
它依旧酝酿着花芽
忘记了季节的它
用力地挣扎
在大雪来临的刹那
绽放朵朵惊艳世人的小花

哪有什么运气 不过是我们暗自努力

/ 飞跃彩虹的勇士

梦想可以暂时搁浅

行动的脚步不可停止向前

每个勇士都要经历一番

难忘的梅花彻骨寒

鱼跃龙门的壮观

源于成功前无数次训练

飞跃彩虹的瞬间

才会感受到

太阳是多么的温暖

/ 漂亮的人生敢于起航

一世并不漫长

人均不足百年的时光

天空的雄鹰没人鼓掌

也在飞翔

深山的野草没人心疼

也在成长

既然来到世界上

就注定有孤独和彷徨

即便遍体鳞伤那又何妨

只要敢于起航

就能活出漂亮

哪有什么运气 不过是我们暗自努力

第七章

往事如烟　浅笑而安

往事如烟，浅笑而安。这个世界，没有一片天空永远晴空万里，也没有一个人的心灵永远一尘不染。命运的每一次安排，都是为了让我们更好地修炼。懂得居安思危，才能走得更远。心怀善念，擦亮双眼，我们不需要"佛系的明天"，我们需要用智慧、用思想、用情怀叫醒千千万万个"装睡的青年"。

/ 最美的不在眼里而在心上

我从不期待谁能够把我照亮
我甘愿做自己的太阳
无论现实怎样
都要呵护梦想
我渴望自己像树木一样
让鸟儿在我身上歌唱

我从不羡慕别人
也从不荒唐地想象
我深信最美的事物
不在眼里
而在心上

/ 乘风飞翔的时光

游鱼摇晃着水中的月亮
蝴蝶抱着花草弹唱
乘风飞翔的时光
把我抛弃在
荒芜的大地上

辗转的双脚
窃窃私语
时光你若回头
一定看到我在张望
不知是委屈还是倔强

哪有什么运气 不过是我们暗自努力

/ 道德的前世是谦让

旅途是一幅匆匆的景象
奔流不息的是我们的思想
每颗不安的心
都渴望成功的光芒
走出来的胸怀最宽广
道德的前世是谦让
待在原地的是空想
行动带来的才是希望

/ 情怀是一种力量

我不怕一无所有的过去
我只怕没有情怀的将来
当生命站在制高点的时候
谁能够俯下身子
给干枯的花草
来一场酣畅淋漓的灌溉
男人不畏艰难的勇气
让人生的旅途更加精彩
女人抵御诱惑的能力
是幸福生活最可口的饭菜

/ 两片枫叶的矛盾

枯根处两片枫叶的矛盾

让记忆愉快地摩擦

年幼时的我

掠过往事的连环画

雨打泡沫的快乐

寂寞梧桐的灯火

比渔船还要微弱

这样的夜晚

让我一个人对话

/ 寂寞来敲门

落叶飞舞的季节
天地间只见夕阳
红枫腾飞
像一匹火红的狼
当我遮住一切光
准备入睡的时候
寂寞却悄悄地来到身旁
一次次地把门铃按响

/ 太阳背后的星星

谁能看清藏在太阳背后的星星
换副眼镜去看风景
是否这迷人的景色里
也有我的身影

生命若是一个琵琶
怎样弹奏
才能有感觉有内涵地
弹出一幅图画

/ 跟着萤火虫流浪

黑夜融化了月亮

变成一缕缕萤火虫的光

清风吹散了欲望

恬静遗忘了流浪

天马行空的想象

夜幕像放电影一样

哪有什么运气 不过是我们暗自努力

/ 一尘不染的少年

多少个寂寞夜晚的陪伴

驱逐着失落与孤单

在冷风里打战

每颗赤诚的心里

都住着位一尘不染的少年

在镜头前

我们用心雕琢明天

把对家的思念和对未来的期盼

化作熊熊燃烧的火焰

驱散夜的沉寂和黑的弥漫

/ 沙漠里的星星碎片

赤着脚
行走在黑色的夜晚
不停地
捡拾着星星的碎片

在沙漠中
高歌似水流年
不远处
撑起了多年前的那把油纸伞

哪有什么运气 不过是我们暗自努力

/ 星星搅碎了湖面

一个人的夜晚
身边异常的温暖
一条鱼的湖面
没有一丝波澜

安静的心藏满了不安的期盼
天上的星星依旧灿烂
水中的星星躁动不安
是风吹动了流水
还是星星搅碎了湖面

/ 人心究竟多么的惆怅

多想把泪塞进眼眶
最后却湿了衣裳
生活给予的忧愁
有时能愁掉悲伤

一个人的时候
多么渴望温度与光
自然界没有想象中荒凉
人心有时却异常惆怅

哪有什么运气 不过是我们暗自努力

/ 月亮等待太阳直到天亮

月亮爱上太阳
就注定在寂寞的夜
等待天亮

太阳爱上月亮
就注定把光和温暖
留给对方
而后独自承担
深夜的凉

月亮和太阳永远不会出现在
同一个平面上
他们只能轮回遥望
他们只能在内心深处
把彼此的爱思量

/ 做了十四天的梦

我一连十四天做着同一个梦
梦见另一个自己化身雄鹰
我的肚子瞬间转换了场景
做了十四天的梦
把我送进了另一个时空

我梦见一个自己
飞进另一个自己的肚里
我看到我的心上有只小船
它是如此轻盈

哪有什么运气 不过是我们暗自努力

/ 热闹的雨总是在路上

从小到大
经历过无数次下雨
热闹的雨总是在路上
不想狼狈的你
为什么选择在狼狈的天气相遇
雨水淋湿的不仅是自己
还有和我相伴的你

/ 我多想把已逝的时光典当

一个人在没船的渡口张望
想去的地方都已打烊
我多想把已逝的时光典当
背上行囊牵着你的手闯荡
最美的风景在远方
所以聪明者一直在路上
假若湖上的景色在湖里看
你是选择相信还是遗忘

哪有什么运气 不过是我们暗自努力

/ 美好的往事像风铃一般

擦肩而过的瞬间

多少有些遗憾

注定不会相见

又何必问姓名籍贯

留一丝心动

去治疗情感的失眠

河流总有断水的一天

世上没有永不老去的容颜

邂逅只能是一瞬间

明明清楚美好的往事像风铃一般

却感到阵阵心酸

/ 我的袖口装有星星几颗

我曾经无数次地彷徨和迷惘
换来了我的坚强和明朗
我曾经在夜幕下无限次地想象
想把天空的星星镶在袖口上

我曾经听一个古老的长者歌唱
他的声音像海浪一样铿锵
如若星星代表理想
我们应该把袖口的勋章点亮

/ 当局者的灯火阑珊

旁观者疲惫不堪

敌不过当局者的灯火阑珊

一万次的心有不甘

不过是想把理由再听一遍

经历是让人成长的摇篮

没人在意过程的辛酸

只要我们把心放宽

就一定能够发现

幸福在回味中变得单纯简单

/ 善念

善念似灯火
能照亮黑暗的夜晚
善念似机缘
能给人春日的温暖

善念
让人变得恭顺卑谦
多了些包容
少了些心烦

善念告诉我们
成功的下一站
是圆满

第八章

晴窗破砚 忙人所闲

冷粥，破砚，晴窗。这何尝不是别样的风情，细细地品味很平常的人生片段，却发现，虽简单，却勇敢。人要有群处的能力，更要有独处的勇气。优秀的人不是不合群，只是比起跟话不投机的谈话对象瞎扯，孤独更像是一种享受。人，要么庸俗，要么孤独。有时候选择忙人之所闲，你或许会发现在浮华中挣扎，会让身边最美的风景搁浅。

/ 睡在花里的诗人

我能想象到自己
睡在花里
也看到多年后
一个妙龄少女
摘花的瞬间
将我捧在手心里

/ 一片绿叶就是春的衣裳

我选择四处飞翔

带着最单纯的愿望

行走在异乡的街道上

内心多少有些彷徨

生活原本这样

只要内心足够坚强

一片绿叶就是春的衣裳

夜晚的风很凉

对着家的方向看月亮

像个调皮的姑娘

/ 从黑夜飞往黎明

天空中

两只飞鸟

在白云的配合下

变换场景

留给我们的是

不一样的意境

生活中

有太多的偶然与雷同

每个人

都留给世界一个忙碌的背影

生活有一双翅膀

一个飞往黑夜

一个飞往黎明

/ 飞瀑迎面的震撼

青春是最美的容颜
是永不失色的少女裙摆
待到山花烂漫的季节
让我们一起为梦呐喊

青春是最美的容颜
是火辣日子里的紫罗兰
在开满薰衣草的山涧
欣赏飞瀑迎面的震撼

哪有什么运气 不过是我们暗自努力

/ 长城

你像穿越千年的猛兽
摇晃着上古时期遗留的锁链
此起彼伏的缠绵
遮掩着冷峻的双眼
你从秦汉走来
和晋隋李唐寒暄
闭目静听守护着万里江山

/ 一颗心有了弱点

清风拂过湖面

满载着对水中鱼儿的留恋

一颗心有了弱点

阳光便不再灿烂

贪婪的欲念

像鹅毛飘进火炭

惊鸿一瞥的刹那

照亮人间

/ 囚禁的孤单

那些刻意的遇见

总会变成远去的想念

相思的双眼

藏有太多的情感

想用眼睛告诉我对你的爱恋

却又怕你看见我的难过和不安

囚禁的孤单

包裹着寂寞委屈和不甘

/ 享受生命

说不清

此时是黑夜还是黎明

自然是最美的风景

家里的狗狗似乎刚醒

知了也叫不停

隔壁的大娘

去采摘盛夏的果实

旁院的赌徒

此刻正酣睡不醒

我一个人

坐在小院

看着风铃

想到一个词语

享受生命

/ 站在地球上看风景

站在地球上看风景
我需要一双怎样的眼睛
白天有白天的阳光
夜晚有夜晚的星星

站在地球上看风景
我需要一双怎样的眼睛
昨日有昨日的故事
明日有明日的风景
站在地球上的我们
却看不见整个地球的风景

/ 命运的摇晃

命运的每次摇晃

都跌跌撞撞踉踉跄跄

我愿用明媚的自己把黑夜照亮

命运的每次摇晃

都是美好降临前的考量

当黑夜掩盖了所有的光亮

我依然默默地想象

想象地球的另一端

此刻是多么的明亮

/ 拍不出的诗情画意

既然选择来一场说走就走的旅行

又何必在意阴天或下雨

最美的风景

一定出现在你的嘴里

既然我手里的相机

拍不出你嘴里的诗情画意

我选择留一个背影给自己

/ 自己的节奏和向往

你的自信

让我误以为

是战胜暴风雨的阳光

冷静后发现

那不过是自己的无知和彷徨

每个人都拥有无穷的能量

每个人都坚定不移地武装

在成与败的瞬间

将人性的本意思量

我们之所以一如既往

缘于一个

胜利者的渴望

心的方向

/ 老人和顽童（节选）

一位老人
在夕阳下激情奔跑
一群顽童
在朝阳下漫步嬉闹

老人向南跑
顽童向北闹
我在思考
夕阳和朝阳
会不会在同一个圆面上相交

/ 晨钟暮鼓的歌声

一群鱼儿
吹着一群鱼儿的泡
一池碎萍
透着一池碎萍的青
一个和尚
撞着一个和尚的钟

夜色中
微感丝丝朦胧
朦胧中
仍有丝丝的醉意
醉意中略带丝丝清醒
清醒里又添丝丝豪情

/ 谁来得及思量

睡梦中

我闯进了

古罗马斗兽场

在进与退的瞬间

谁来得及思量

一个华丽的转身

抖落一世沧桑

留给大地一片荒凉

/ 欲望的眼罩

不是看不到
是灼热的心
把欲望变成眼罩
选择性地看不到
就像双腿陷进了泥淖
越是拼了命地逃跑
越是抖不掉
抖不掉满身的烦恼
也抖不掉卑鄙者可恶的嘴角

哪有什么运气 不过是我们暗自努力

/ 最美的风景

最美的风景
敲打着迷失的心灵
觥筹交错的情怀
一个人等待天明

用指尖触碰灵魂
为春草而歌的悸动
刹那磅礴的震撼
恰似飞瀑迎面的幽灵

/ 寂寞滂沱

寂寞的我
一个人彷徨在寂寞的街
听着寂寞的歌
憧憬着寂寞的爱

寂寞的我
一个人寂寞着寂寞
在雨里
滂沱着滂沱

寂寞的我
傻傻地想过
是不是寂寞吞噬着寂寞
滂沱亲吻着滂沱

/ 我是你口中说着的远方的远方

无论身体多么沉重
心都可以自由飞翔
我是你口中说着的远方的远方
远方是不远处若有若无的星光
是心底的信仰
是生命的自我成长

/ 曾经走过的山径

我不止一次的邀请
邀请你看夜晚的星星
与其说夜幕降临
不如说五彩缤纷的世界
闭上了眼睛
我不止一次的邀请
邀请你走走曾经走过的山径
与其说偷偷的约会
不如说跟往昔的时光
来一场旅行

哪有什么运气 不过是我们暗自努力

第九章

问答智慧 气象万千

这是个充满疑问的世界。每天，我们身边总会有许许多多来自生活中和工作中的疑问。从睁开眼睛的那一刻，一连串的疑问像泉水一样喷薄。大量的疑问扑面而来，我们是否会选择做生活的践行者呢？我想，"答"是一种精神，是一种优秀品德。当我们被疑问包围时，总要有几个站出来的勇敢者。

/ 回答

多少次因为

给灵魂洗澡

而忽略了外表

在这个充满疑问的世界里

我选择做一个

安静的句号

/ 浅笺

我想陪你把风景看遍
跨越春和秋的栅栏
在蓝色的海洋里扬起白色的帆

我想像飞鸟一样旋转
在你的顶端画个心形的椭圆
我想表白的语言千千万万
最终却尴尬地对风和黑夜说晚安

哪有什么运气 不过是我们暗自努力

/ 如若土豆发芽就当作盆景观花

生活是大自然的涂鸦

有他人读不懂的密码

如若土豆发芽

不如当作盆景观花

此时它已进化

何必再当作饭食吞下

给一架艺术的天梯

让它自由地攀爬

/ 女人与苹果

每个女人
都有自己特有的味道
如同苹果一样
或许相同的外貌
却有着不一样娇艳与妖娆

世界上没有一帆风顺的轨道
正如发现万有引力的那个巨人
在苹果树下的思考
不要问我你是什么味道
我没尝过怎么知道

/ 倾斜的秋日

人生有太多的故事

秋是相思的日子

痛到深处的泪水

没有人能够控制

倾斜是一种姿势

就像一位弯腰的绅士

谁能想到疾风侧帽的青年

迷倒了万千女子

如若秋日倾斜

我们会拉长自己的影子

再一次欣赏世界

我们会发现来时不曾见到的趣事

/ 人间一念

我有一双欲望的双眼
因此世界变得性感
在爱与恨的一念之间
品味着内心的狂澜

生活就是编造明天的故事
讲述今天的心酸
在闭幕凝眸的那一瞬
恍若不是人间

哪有什么运气 不过是我们暗自努力

/ 每天给灵魂加一克重量

我喜欢

把思想放在天平上

称一称重量

像逃难者一样

躲进书房

充饥精神食粮

我渴望

阳光将黑暗照亮

每天给灵魂加一克重量

向大海的方向

慢悠悠起航

/ 思想在奔跑

和影子赛跑
怎么也甩不掉
思想的小鸟
不停地在高空鸣叫

一觉醒来
我的一切安好
他在另一个世纪舞蹈
我输的不是格调
少的是思想在奔跑

哪有什么运气 不过是我们暗自努力

/ 把寂寞锁进抽屉

我热爱生活

在天涯的角落追逐快乐

我热爱生活

想做个能文能武的行者

人生有太多的波折与诱惑

掏空的心灵

点燃的烟火

拼命地呼吸

过平凡的生活

享受天才的快乐

把寂寞锁进抽屉

把钥匙交给生活

/ 和虎崽子一起的三天两夜

从未想过和虎崽子相见
我曾无数次想象它的凶悍
在老虎的面前人类多少有点胆寒
更何况把它当作玩伴
抱住它的瞬间手心异常温暖
它的温顺像宠物狗一般
此时我不由自主地思考
未来的再次相见
它是否还会记起我们的今天
是不是已经变得凶悍
改变是最奇妙的字眼
时间是造物主租赁的魔船
它载着你的曾经远去
又送你一个无法预料的明天

哪有什么运气 不过是我们暗自努力

/ 冥冥中自有安排

冥冥中自有安排

匆匆中自有去来

踏破的薄冰

不会重合

河边的柳絮

未必洒脱

一根孤独的火柴

划破苍穹

照亮未来

冥冥中自有安排

匆匆中自有去来

/ 雪犬

在冰天雪地里
有一只瑟瑟发抖的犬
一双泪水浸泡的眼
写满了天寒地冻的哀怨

冰冷的爪牙捕食着空气
用哈出的热气为雪花取暖
世人看它不一般
其实它只是一只雪犬

哪有什么运气 不过是我们暗自努力

/ 蜘蛛网

蜘蛛网就像一面墙

等待猎物相撞

蜘蛛在某个角落

懒洋洋地晒着太阳

谁人能够想象

路人眼前的惬意

源于蜘蛛没日没夜的织网

/ 独木桥告诉我们的道理

左右同时走来两人
不可能在独木桥上通过
生活原本没有对错
不同的心境
会有不同的收获
你可以得过且过
也可以分秒必争地生活
既然做出了选择
就不要在独木桥上踌躇
同一个方向
有再多的人也能走过

哪有什么运气 不过是我们暗自努力

/ 一水之隔别有洞天

乌云来临的瞬间

雨点像千万支离弦的箭

往昔宁静的湖面

敲打着急促的鼓点

雷的鼾声似要唤醒水族的睡眠

湖底的万千游鱼虾蟹

好奇地抬头欣赏水纹和湖面

/ 我的木窗我的船

我把屋内所有的食物吃完
我在梦中把所有的景色看遍
我卸下木窗做好一艘小船
我发现自由不在天边而在眼前
船往窗外走
眼往窗里看
或许你说是我对老屋的留恋
我想偷偷地告诉你
我在找寻角落里
有无落下的饼干

哪有什么运气 不过是我们暗自努力

/ 绕行会发现不一样的风景

我喜欢寻找与大海接壤的土地
看开在岸上最不起眼的小花
我喜欢在小花的面前席地坐下
说上世没有讲完的经

我喜欢看渔网化作小鱼的袈裟
聆听小渔睡梦中与大海的悄悄话
我喜欢水穷处以瀑布的形式重生
蒲公英看似惬意实则身不由己的潇洒

/ 生活的眼睛

庸人为了千年一见的流星
往往错过丛林中的鸟语虫鸣
眺望远方的风景
不如把自己的心聆听

外面的喧嚣像七嘴八舌的苍蝇
内心的呼唤像山涧流泉的叮咛
远方的传说固然动听
脚下的土地才是生活的眼睛

哪有什么运气 不过是我们暗自努力

◎ 第十章

乡情牵绊　归心似箭

人的一生都走在回家的路上，无论我们走得多远，都会有一种最真情的牵绊。无论我们多么孤单，内心都珍藏着一处最温暖的港湾。故乡，不仅仅是游子在外的思念，更是释放亲情温暖的光源。夜深人静的时刻，一个人在他乡失眠，对着家的方向嘘寒问暖，既温暖着时光，温暖着家人，温暖着梦想，也温暖着自己。

/ 童话般的村庄

记不清睡梦中多少次渴望
悄悄地飞回家乡
在那既熟悉又陌生的小巷
用手掌抚摸厚厚的墙
那是生我养我的地方
是个童话般的村庄
那里有我的亲人
有我不能忘却的记忆和念想

/ 思念是最远的距离

祖母老了

比孩子还要淘气

生活的烙印

在皮肤上渐渐隆起

儿时的记忆

定格在家乡的景色里

相聚并不容易

思念是最远的距离

/ 写在回家的路上

风筝在流浪
沿着生命的河流成长
用乡音为故土歌唱
即便无人聆听
也要世界的一丝回响
风筝线在忧伤
像寒冬冷风里的阳光
且嗅且看且听且遗忘

/ 徘徊的脚掌

我时常对着家的方向遥望
用徘徊的脚掌描绘微湖湿地的风光
我时常一个人自我安慰
在心里默默地想
当黑夜拿走了太阳
星空又给我送来了月亮
此时的我已然酣睡
睡梦中的故事
留给你去想象

/ 把小时候穿在身上

我时常怀念儿时的时光
对着年少时穿过的衣裳观望
我时常想象自己回到童年
一个人对着天花板歌唱

我多想把小时候穿在身上
不仅仅是一件衣裳
我多想把小时候穿在身上
那是骨子深处的守望

/ 遥望古老的村庄

遥望古老的村庄
品读淡淡的昏黄
在车水马龙的乡间小道上
想想大地的荒凉
看看行人的匆忙
叹叹流逝的时光

哪有什么运气 不过是我们暗自努力

/ 妈妈是家里最美的花（节选）

世间最动情的时刻是想家

世间最甜美的称呼是妈妈

妈妈的爱完美无瑕

妈妈是家里最美的花

时间的白马你慢些吧

不要着急染白妈妈的秀发

写首赞美妈妈的诗

用最美的声音读给妈妈

/ 微湖湿地的痴呓（节选）

把心交给大地
自由自在地呼吸
看着来往的车辆
恍惚之间
发现思念竟然可以如此细腻

鱼的眼泪落在水里
是对生育之地珍惜
多想问问
我的伞可否挡住雨滴
让我深爱的土地晴空万里

/ 耳畔的眼泪

望着天花板
泪水顺着双眼
流到耳圈
或许狂欢
不过是一群人的孤单
不经意间的想起
便是思念

/ 家乡小道上的灯笼树

没有人会在原地等你
正如落花不会复活
明年枝头的花朵
或许一样娇艳
但绝不是去年春色
强者经历愈多愈加执着
干枯的枝丫
可以挂满灯笼
也可劈柴烧火

哪有什么运气 不过是我们暗自努力

/ 他乡的风

他乡的风这么凉
吹着我的手臂
像碎碎的冰块一样
故乡的花如此香
穿过秋冬
扑鼻而来的刹那
有一种熟悉的映像
他乡的风这么凉
隔着厚厚的墙
也有丝丝的寒光
他乡的风究竟有多凉
为何他们没有冻僵
或许此刻根本没风
是我在乡思遥望

/ 我们一起回家吧，月亮

今夜我一个人
悄悄地爬上了山岗
对着家的方向
静静地瞭望

今夜我一个人
悄悄地爬上了山岗
靠在我们约会的树旁
把筛了又筛的回忆珍藏

今夜我一个人
贪婪地欣赏月光
看着星星一颗颗的消失
我看到了黎明的曙光

/ 大美级索歌（节选）

我的家乡

有最美的自然风光

朝霞落满田野

青山傍夕阳

千里飞虹挂在云上

我的家乡

像慈母一样张望

满含爱意的眼神

期待着

五湖四海的游子回乡

/ 挥之不去的遗憾

事实上
有月光的地方
就有黑暗
但总有一个地方
是记忆里
挥之不去的遗憾

曾经的美好在脑海里
剪截的一段一段
岁月里的影子
时常让我猛然思念

哪有什么运气 不过是我们暗自努力

/ 青花板上的留恋

回过头看看
身后依旧留恋
门口的青花板上
还有时间的残片
儿时嬉闹的场面
再次映入眼帘
奶奶的辣椒饼
爷爷的红烧面
魂牵梦萦的家乡
走进了不争气的眼眶
随泪而流的感觉恰是游子的思乡

/ 守望麦田

一个人在麦田守望
莽莽苍苍
看鸟儿低空飞翔
轻轻吟唱

那金黄金黄
抵不过岁月的妆
麦粒和麦穗摇摇晃晃
叙说着收获的风光

哪有什么运气 不过是我们暗自努力

/ 家乡的庙会

伤感的风

吹动了眼角的泪

爷爷颤颤巍巍的手

伸向口袋

掏出五角钱

心满意足地放进孙子的手

那皱皱的五角钱

充满了泥土的芬芳

又饱含了爷爷的辛劳与泪光

/ 睁着眼入睡

在熟悉的小道上
体会陌生的滋味
空空的街
让我不得不找个柱子依偎

或许是我的眼眶太窄
难以安放所有的眼泪
既然闭上眼分不清黑白
那索性睁着眼入睡

哪有什么运气 不过是我们暗自努力

/ 童年的梦很长很长

不要在满天乌云的时候寻找太阳
暴雨过后
天空自会还你一个晴朗
每个人来的时候都未曾穿着衣裳
孤独是与生俱来的一缕光亮
与太阳的光芒相比会黯然无光
直射洞底却有别样的景象
无论何时都不要忘记自立和坚强
童年的梦很长很长
心想事成不只是一个祝福
它告诉我们成功的第一步是思想

/ 人的一生都走在回家的路上

离家前的晚上
躺在熟悉的床上
望着天空的月亮
强忍着酸痛的眼眶
感受中秋的微凉

离家前的晚上
内心有无限的思量
人的一生
都走在回家的路上

第十一章

余生很长　何必慌忙

"余生很长，何必慌忙"。人生的路上，我们都在奔跑，我们总在赶超一些人，也总在被一些人赶超。我们每个人都在寻找，寻找一种最适合自己的速度，疾进会让我们不堪重荷，迟缓会让我们空耗生命。人生百年，不多不少，足够我们享受生活的美好。如若生活是一座葡萄酒窖，有多少人能够做到留一杯美酒在夕阳下山的时候喝掉，对着来时的路回眸一笑？

/ 藏进月光里的梦

我喜欢用温柔的双眼观察月亮

享受不为人知的倔强

生命若有裂痕

那是光照入的地方

淘气的星星在风中飞翔

俏皮地低语

余生很长 何必慌忙

/ 曾几何时

曾几何时
重要的人越来越少
留下的越来越重要

曾几何时
在月亮下思考
为不可预知的事物祈祷

曾几何时
一个人傻傻地蹲在墙角
对天对地微笑

/ 谁说盲人的世界没有太阳

我不止一次地表态

我需要光

无论是来自太阳还是月亮

我不止一次地谈论爱情

无论是分享还是想象

我都会随着故事开心或者忧伤

谁说盲人的世界里没有太阳

闭上眼睛

我们依然知道日出的地方

能抓住的是阳光

抓不住的是太阳

此刻

我伸手抱着它

它一定温暖的

像你曾经抱着我一样

/ 夜的安详

繁星点缀的夜
带给我一种夜的安详
静静的草丛中
包裹着蝈蝈的歌唱

我一个人
一个人徘徊在家乡的小巷
微风绵绵的细雨
柔润着
柔润着夜的枯凉
让我不断地想
不断地盼望

/ 怦然心动的烂漫

卑微的幸福
让人心酸的甜
颤抖的坚强
写满了沧桑的脸

岁月的风
磨尽了年少的风华
呆滞的凝眸
传达着怦然心动的烂漫

/ 西伯利亚的蓝眼睛

生命不在于

成功时表现得多么精彩

而在于失意时

一个人寂寞地等待

是一如既往地拼搏

还是半路离开

没人能够左右我们的将来

慢下脚步是和身边的风景做伴

扶摇直上的过程

有几人能像

西伯利亚的蓝眼睛一样

清澈惬意自由自在

哪有什么运气 不过是我们暗自努力

/ 莫忘曾经是书生

不去想
一切真的不去想
让眼泪流淌
自我把握方向
自我感受温烫
没有人能活得高高在上
即使是太阳
也要把光洒向低洼的地方

/ 彷徨的路上

一个人走在路上
踩着迷惘
痴情地幻想
枫叶下的蚂蚁能否感受到晨光

一个人的脚印
走出了两种沧桑
一个失望
一个彷徨

哪有什么运气 不过是我们暗自努力

/ 雾朦胧的冬季

蜗牛与黄鹂

奶酪与蜂蜜

一个雾朦胧的冬季

让人不想深呼吸

把微笑埋进土里

看不到天空的淘气

不问大山的压力

只想一个人游戏

/ 在山谷中呼唤自己

当最后一颗星星
消失在今夜的时候
我走向森林
叫醒沉睡的小鸟

当第二缕阳光
打在窗台的时候
我走向深山
在山谷中呼唤自己

哪有什么运气 不过是我们暗自努力

/ 百年的时间

生命从诞生的那一刻
就注定要在某日走向终点
时光是一段一段
青春是生的灵感
梦想是命的摇篮
碌碌无为的生活
不过是把肉体留在人间
人生如此短暂
生命如此有限
百年的时间
能否让我把春色踏遍

/ 那人的传说

在平静的小河里
总会有丝响动和水波
在无聊的日子里
总会找些事情做
不管过去现在和将来
那人都是个传说

那人是成功者的影子
那人是如歌的生活
那人 那人
你可知道那人曾经多么寂寞
那人是多年前的一瞥而过
那人是闭目深思的瞬间一刻
那人是你也是我

哪有什么运气 不过是我们暗自努力

/ 保留擦肩的瞬间直到永远

人的一生会和成功

无数次的擦肩

能否保留

相遇的那一瞬间

直到永远

在同一个画面

把成功放在掌心之间

对着天空呐喊

享受阳光的温暖

看着白云飘转

行走的轨迹好像两个字

机缘

/ 舒畅的内心渴望光明

人生是一场远行
不要那么早地谈及输赢
多看看沿途的风景
学会放空自我的心灵
微笑不仅是一种口型
是舒畅的内心渴望光明
生活让我们变得普普通通
心境让我们与众不同
乌云来临的时候
你可以欣赏电闪雷鸣
也可以选择静静地聆听

/ 留一杯美酒醉夕阳

生活这盘珍馐别有味道
何必贪婪地那么早消耗
留一杯美酒在夕阳下山的时候喝掉
对着来时的路回眸一笑

人生百年的光阴不多不少
足够你享受生活的美好
山山水水的舞蹈
有几人能够陪君一跳

/ 要活就活得潇洒

你羡慕他的功成名就
他羡慕你的大好韶华
每个人的一生
都在自己的风景里扬鞭策马
只要足够潇洒
坐在马背上就能畅游天下

你欣赏他人一日千里
却忽略了胯下汗血宝马
人生之所以不幸
是因为在自我的悲剧里
编写他人的神话

哪有什么运气 不过是我们暗自努力

/ 我要画个太阳

我要起床

去童话世界里的山上

劈柴

我要起床

做一个木匠

设计一幢美丽的楼房

我要画个太阳

让光芒照在螃蟹的脚上

我要摘一片树叶

边吹边唱

我要在晨风中呼吸

感悟耳畔的鸟语花香

/ 时间，我想说谢谢你

时间　我曾经陷在
你设计的旋涡里
一个人带着孤独
来到这片一无所有的空地
像孩童拼积木
自己寻找生活的乐趣

时间　我想说谢谢你
谢谢你
让我拥有如此完整的刻骨回忆
时间　我想问问你
如若心情能像花儿一样绽放
它将会多么惊艳美丽

哪有什么运气　不过是我们暗自努力

/ 见诗如面

上天许我一世最美的风景
是夜幕初降时的宁静
上天赐予我无限的诗情
却背过身子遮住了眼睛
已逝的光阴化作
羊皮卷上的诗句
千年之后
自有聆听